ABUELITA Y YO

escrito por
Leonarda Carranza

ilustrado por
Rafael Mayani

annick
press
toronto · berkeley

Paso todos los días con mi Abuelita.

Y adentro, Abuelita y yo la pasamos muy contentas.

A veces dibujamos monstruos.
Abuelita le pone todo su esfuerzo, pero
mis monstruos siempre son los más espantosos.

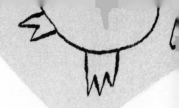

A veces nos pintamos las uñas. A mi me gusta
pintarnos las uñas de dos colores, de rosado y de morado.
Abuelita no se enoja cuando le pintó los dedos sin querer.

Abuelita y yo hacemos cosas chistosas.

A veces para secarnos las uñas más rapido,
sacudimos los brazos como los pájaros.

También me gusta ir afuera.
Aunque hay veces que la gente no se porta muy bien con Abuelita.
Ellos no saben o se olvidan que Abuelita es la mejor abuela del mundo.

A veces cuando Abuelita
les habla, la ignoran.

A veces cuando Abuelita
se sienta, ellos se alejan.

A veces la miran de una manera fea y con desprecio.

Pase lo que pase, Abuelita siempre sonríe y me dice, «No te preocupés Amorcito, todo está bien».

Hoy, Abuelita me apacha un ojo porque vamos a preparar su sopa especial. Y vale la pena ir afuera. Yo me apuro para alistarme.

En el supermercado encontramos casi todo para hacer la sopa. Solo nos falta la yuca.

Abuelita le pregunta al vendedor donde la podemos encontrar.
—¿Qué? ¿Qué? ¿Eh? ¿Qué dijo? —responde el hombre.

Abuelita insiste en preguntarle y utiliza sus dos nombres, yuca y casava. Pero el vendedor pierde la paciencia, y la espanta como si fuera un zancudo.

Buscamos y buscamos,
pero no encontramos la yuca.

Estoy cansada cuando llegamos a la parada del bus.

Sentadas en la banca, le pregunto a Abuelita por qué los grandes no la entienden, si yo tan chiquita, entiendo todito lo que dice.

—No te preocupés, Amorcito —dice Abuelita.

A veces quisiera enseñarles a los grandes como escuchar.
Deveras que no es tan difícil entender lo que Abuelita dice.

—Un momento, por favor —le dice Abuelita
al motorista del bus.

Entramos y nos sentamos para que Abuelita
pueda revisar su cartera.

El motorista para el bus.

El motorista en vez de preguntar
«¿Qué dijo?», se pone enojado.

—¡Tienen que pagar!—dice el motorista.

Abuelita busca pero le cuesta encontrar el cambio. El motorista se
acerca a nosotras. Y yo bajó la cabeza. Y miró al suelo.

—¡No arrancó hasta que paguen! Ustedes siempre tratan de salirse
con las suyas. ¿Me entiende? ¡Tienen que pagar! —grita el motorista.

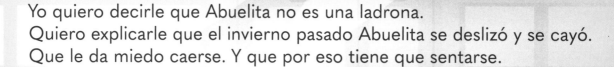

Yo quiero decirle que Abuelita no es una ladrona.
Quiero explicarle que el invierno pasado Abuelita se deslizó y se cayó.
Que le da miedo caerse. Y que por eso tiene que sentarse.

Pero el motorista nos sigue gritando.
Y en vez de decirle algo me pongo a llorar.

Al fin, Abuelita logra encontrar el cambio exacto, y se lo da al
motorista. El se regresa a su asiento y arranca el bus.

—Calmate Amorcito, todo está bien —dice Abuelita, y me abraza.

Pero todo esta mal.

Yo miro a la gente en el bus y nadie nos quiere ver. Siento como si no le importamos a nadie. Como si Abuelita y yo estuviéramos completamente solas en el mundo.

El día siguiente, Abuelita entra a mi cuarto con mis panqueques y me pregunta si quiero ir a la biblioteca. Yo le digo que no. Quiero quedarme en la cama.

En la tarde, Abuelita me pregunta si quiero
ir a comer un sorbete. O si quiero ir a jugar
al parque. Le digo que no.

Cuando comienza a llover, Abuelita saca nuestras botas.

—¿Vamos a saltar en los charcos? —Abuelita pregunta.

Yo no le respondo.

—Cariño, hemos pasado todo el día adentro —dice Abuelita.

Y yo me pongo a llorar. Abuelita me abraza.

—Está bien si estas triste, yo también estoy triste.
No tenemos que salir hoy. Podemos quedarnos adentro.
Y quizás mañana vamos a buscar la yuca —dice Abuelita.

—¿QUIERE QUE LE GRITEN OTRA VEZ? —le gritó.

—Cariño, nosotras no hicimos nada malo —responde Abuelita.

Ella toma mi cara entre sus manos y me besa.

—Amor, lo que pasó no es nuestra culpa.
Nosotras no somos las que tenemos que escondernos.

En la noche yo estoy tan confundida.
Abuelita antes sabía todo y ahora no sabe nada.

Me quedo despierta por un gran rato pensando, cómo
vamos a hacer las compras si no podemos ir afuera.

En la mañana caminó despacito a la cocina. Pienso que
Abuelita va a estar enojada conmigo. Creo que va a decirme,
«Apurate niña, tenemos que ir a la tienda».

Pero Abuelita no está enojada.

Ella no dice «que malcriada que sos»,
o «que aniñada estas».

Todo lo contrario, Abuelita me sonríe.
Y no hablamos nada del bus, o de las
compras.

Después de desayunar, nos divertimos adentro y afuera.

Primero le ayudo a arrancar la mala hierba en el jardín.
Cuando empieza a llover, nos ponemos las chumpas y
botas de lluvia.

Y vamos a buscar charcos. Yo salto más alto y salpicó más
fuerte. Aunque Abuelita le pone mucho esfuerzo, solo
hace pringitas. Pero yo le digo que salpica fuerte también.

—Cuando regresamos a la casa, yo le pregunto si tenemos que tomar el bus hoy. Abuelita me apacha un ojo.

—No hay prisa —me dice.

—Tomemos nuestro tiempo.

Y lo dice en serio. Y siento que Abuelita podría esperar para siempre.

Y yo también quiero esperar para siempre.

En la noche, volvemos a dibujar monstruos. Esta vez, mis monstruos manejan buses.

Cuando se los enseño a Abuelita, ella se pone triste.

Yo no quiero que Abuelita esté triste por mi culpa. Entonces rompo mi dibujo. —Yo soy más fuerte que él —le digo.

Y le doy uno de mis monstruos a Abuelita para que ella lo rompa también. Pero Abuelita no lo rompe. Ella lo pone sobre la mesa, y trata de sonreír.

Yo no quiero que Abuelita esté triste por lo que pasó en el bus.

Esa noche, cuando estoy acostada en mi cama,
mi tristeza empieza a crecer y crecer.

Y de repente, me pongo muy brava.

El día siguiente, después de comer mis panqueques,
le digo a Abuelita que estoy lista. Que podemos tomar
el bus de nuevo. Aunque no estoy lista, para nada.

—Cariño, no hay prisa —dice Abuelita.

Pero yo no quiero esperar más.

—ESTOY LISTA. ESTOY LISTA.
¿Por qué no me cree? —le digo.

Cuando veo el bus en la distancia, apretó fuerte la mano de Abuelita.

Yo quiero regresar a la casa.

Abuelita se acurruca a mi lado.

—Amorcito, no tenemos que hacer esto ahorita.

Pero mi rabia comienza a hervir en mi panza.

Y se que tenemos que subir al bus.

Cuando llega el bus, yo agarró el cambio de la mano de Abuelita. Subo y pongo el dinero en la caja de colección. Tengo miedo. Trato de no verle la cara pero lo reconozco. Es el mismo motorista.

—¡Más vale que sea suficiente! —me dice.

Y yo me congelo y no puedo responder.

Abuelita está parada a mi lado.

—Es suficiente —dice ella.

—Suficiente.

Encontramos dos asientos y nos sentamos.
El bus sigue parado. Y de repente arranca y sigue con la ruta.

Y yo me siento muy orgullosa de las dos.

Y Abuelita no dice nada. No necesita decir nada.

Tiene una sonrisa enorme.
Y yo también no puedo parar de sonreír.

Y es como que solo estamos las dos en el mundo.

Juntas como siempre, Abuelita y yo.

A Kika, Abuelita, Abuela, y todas las
generosas, cariñosas y valientes abuelitas.
— L.C.

A mis Abuelitas, Nelly y Conchita.
— R.M.

Apuntes de traducción

Este cuento ha sido traducido del inglés a un español de tendencias centroamericanas.
Aunque existen muchas semejanzas en la manera en la cual el español se habla en cada
país centroamericano, también existen diferencias. Una de las tendencias en común
entre los países de la región, con la excepción de Panamá, es el empleo del voseo. En El
Salvador, el vos es frecuentemente utilizado en lugar de tú de la misma manera como lo
hace Abuelita y su nieta quien nos cuenta esta historia.

También se utiliza frecuentemente el sufijo *-ito* y *-ita* para comunicar valores diminutivos,
intensificar una idea o sentimiento, y para expresar afecto. Por ejemplo: *Pringitas* en
vez de *pringas*, *todito* en vez de *todo*, y *Amorcito* en vez de *amor*.

Las palabras siguientes forman parte del vernáculo salvadoreño y centroamericano:

apacha un ojo: guiñar, cerrar un ojo momentáneamente

chumpas: chaquetas

deveras: de verdad

pringitas: gotas pequeñas

sorbete: helado

vos: tú

zancudo: mosquito

© 2022 Leonarda Carranza (texto)
© 2022 Rafael Mayani (ilustraciones)

Arte de portada de Rafael Mayani, diseñado por Paul Covello
Interior diseñado por Paul Covello
Editado por Claire Caldwell
Traducción del inglés al español por Susy Pocasangre
Revisado por Juan F. Carranza

Annick Press Ltd.

Agradecemos el apoyo del Consejo para las Artes de
Canadá y del Consejo para las Artes de Ontario,
así como la participación del Gobierno de Canadá en
nuestras actividades editoriales.

Library and Archives Canada Cataloguing in Publication

Title: Abuelita y yo / escrito por Leonarda Carranza ; ilustrado por Rafael Mayani.
Other titles: Abuelita and me. Spanish
Names: Carranza, Leonarda, author. | Mayani, Rafael, illustrator. | Pocasangre, Susy, translator.
Description: Translation of: Abuelita and me. | Translated by Susy Pocasangre. | Text in Spanish.
Identifiers: Canadiana 20210360534 | ISBN 9781773216591 (hardcover)
Classification: LCC PS8605.A7735 A6314 2022 | DDC jC813/.6—dc23

Publicado en los Estados Unidos por Annick Press (U.S.) Ltd.
Distribuido en Canadá por University of Toronto Press.
Distribuido en los Estados Unidos por
Publishers Group West.

Printed in China

annickpress.com
leonardacarranza.com
rafaelmayani.com

Igualmente disponible como libro digital.
Visite annickpress.com/ebooks para conocer los detalles.